Jacques Prévert

Étranges étrangers
et autres poèmes

Choisis et présentés par Camille Weil

GALLIMARD JEUNESSE

Avant-propos

Jacques Prévert était un rêveur éveillé. La tête dans les étoiles ou quelquefois sur la lune, mais les pieds sur terre, il savait que les idées reçues et les préjugés voilent le soleil. Aussi ses textes invitent-ils à ne pas se contenter de ce qui est mais à imaginer « autre chose », à susciter des événements, à changer le paysage, à faire de tous les hivers des printemps. On a rarement combattu autant que lui les conformismes sociaux et les pensées imposées. Il a pris le parti des enfants battus mais il s'est efforcé aussi de désintoxiquer ceux que l'on conditionne à coups de préceptes nocifs, et il a dit leur droit de n'être ni des enfants modèles ni de petits prodiges ; il a affirmé que les femmes n'étaient pas obligées de se taire et qu'elles étaient, le plus souvent, très fortes ; il a donné le beau rôle aux éboueurs, aux ouvriers, aux concierges, aux cireurs de souliers, à ceux qui exercent des métiers injustement méprisés ; il a exprimé son dégoût de la xénophobie, du racisme ; il a manifesté sa tendresse à l'égard des animaux, qu'il considérait comme des êtres intelligents et sensibles. Ces luttes, il les a menées avec les mots parce qu'il connaissait leur puissance, l'impact du langage et son influence sur les mentalités. Aussi nous incite-t-il à réfléchir sur leurs sens et sur les contresens dont ils sont l'objet, à prendre nos distances avec les formules figées, les discours asphyxiants, qui continuent à servir pour asservir, empêcher d'avancer et de voir autrement. Prévert a rechargé de signification le langage, il a détourné les proverbes nuisibles pour en inventer d'utiles et de toniques, s'est forgé un style coloré d'humour, pertinent et impertinent, reconnaissable entre tous. Ce regard critique qui passe par le langage, il nous invite à le partager avec lui, à regarder le monde comme si on le découvrait. C'est pour cela qu'il est toujours si actuel, tellement vivant qu'on se sent soulevé, en le lisant, par ce vent de liberté qui nous entraîne plus loin, en avant.

Danièle Gasiglia-Laster et Arnaud Laster

■ Étranges étrangers

Kabyles de la Chapelle et des quais de Javel
hommes des pays loin
cobayes des colonies
Doux petits musiciens
soleils adolescents de la porte d'Italie
Boumians de la porte de Saint-Ouen
Apatrides d'Aubervilliers
brûleurs des grandes ordures de la ville de Paris
ébouillanteurs des bêtes trouvées mortes sur pied
au beau milieu des rues
Tunisiens de Grenelle
embauchés débauchés
manœuvres désœuvrés
Polacks du Marais du Temple des Rosiers

8

Grand bal du printemps

Cordonniers de Cordoue soutiers de Barcelone
pêcheurs des Baléares ou bien du Finisterre
rescapés de Franco
et déportés de France et de Navarre
pour avoir défendu en souvenir de la vôtre
la liberté des autres

Esclaves noirs de Fréjus
tiraillés et parqués
au bord d'une petite mer
où peu vous vous baignez

Esclaves noirs de Fréjus
qui évoquez chaque soir
dans les locaux disciplinaires
avec une vieille boîte à cigares
et quelques bouts de fil de fer
tous les échos de vos villages
tous les oiseaux de vos forêts
et ne venez dans la capitale
que pour fêter au pas cadencé
la prise de la Bastille le quatorze juillet

Enfants du Sénégal
dépatriés expatriés et naturalisés

10

Grand bal du printemps

Enfants indochinois
jongleurs aux innocents couteaux
qui vendiez autrefois aux terrasses des cafés
de jolis dragons d'or faits de papier plié

Enfants trop tôt grandis et si vite en allés
qui dormez aujourd'hui de retour au pays
le visage dans la terre
et des bombes incendiaires labourant vos rizières

On vous a renvoyé
la monnaie de vos papiers dorés
on vous a retourné
vos petits couteaux dans le dos

Étranges étrangers

Vous êtes de la ville
vous êtes de sa vie
même si mal en vivez
même si vous en mourez.

Gitans

■ Beaucoup les craignent et les regardent
avec hostile curiosité, apparente indifférence
ou agressive sévérité, mais en enviant,
sans se l'avouer, leur prodigieuse liberté.
Les Gitans, peu leur importe, ils viennent de loin
et de longtemps et peuvent rester là tout
en s'en allant.
Le temps où ils vivent ils l'effacent et passent
à côté.
Vivre vrai, c'est leur secret.
Ils ont leur musique, leurs familles, leurs amours,
leurs enfants.
Des enfants beaux et fiers, tendres et insolents
qui jettent sur le monde environnant un regard
de charbon ardent.
(...) ♠

Chanson gitane

■ Pour la première fois de sa vie
un gitan s'en va chez le coiffeur
Ses cheveux sont longs, très longs, si longs.
Longs comme un jour sans pain, sans vin,
sans femme et sans chansons.

Comme il va entrer dans la boutique, il croise
un autre gitan qui en sort
et celui-là a le visage tout balafré, tout couturé,
tout saignant

Alors le gitan le regarde qui s'éloigne
en grommelant
et dit au coiffeur en entrant
« Surtout ne me coupez pas la tête
car si vous le faisiez, comment pourrais-je
vous payer ! » ♠

Chanson

■ Le malheur avait mis
les habits du mensonge
Ils étaient d'un beau rouge
couleur du sang du cœur
Mais son cœur à lui était gris

Penché sur la margelle
il me chantait l'amour
Sa voix grinçait comme la poulie
Et moi
dans mon costume de vérité
je me taisais et je riais
et je dansais
au fond du puits
Et sur l'eau qui riait aussi
la lune brillait contre le malheur
la lune se moquait de lui. ♦

Moulou

■ Adieu Hawaii

C'est la chanson que chantait Mouloudji[1]
quand il avait douze ans
Et ses yeux se levaient sur un rare soleil
et lui posaient de très tendres questions
Quel âge as-tu soleil
Soleil des Buttes-Chaumont

Adieu Hawaii
Déjà la misère mêlait sa voix sans âge à celle
de la jeunesse
et déjà avec un grand sourire déjà plein
de tristesse
l'enfant disait adieu à des pays rêvés aimés
perdus d'avance

Il savait bien que la misère
ne part pas en croisière
sauf bien entendu en cas de guerre
où tout le monde est de la noce
sans oublier le pauvre monde
qui même a la priorité

Mais il a fait d'autres voyages
À treize ans dans la rue d'un film il chante
comme on chante dans les cours pour gagner sa vie
Et puis il disparaît à Saint-Agil[2]
Et sans jamais voyager il voit du pays
Et chacun de ces voyages c'est un petit univers
périphérique
souvent charmant souvent tragique

Pas un univers Bien à Lui comme celui d'un enfant
comblé de dons et qui grandissant ne cesse de jouer
prématurément avec salutations et ovations
le retour d'âge de l'enfant prodige avec grand prix
de colophane d'archet et de violon

Simplement un petit univers avec lui
et chacun de ses voyages
c'est le morceau d'un puzzle
dont le modèle est le plan d'une ville
toujours la même comme toutes les villes
et toujours inconnue comme elles

Et ces dessins
ces personnages ces paysages ces visages peints
c'est toujours les morceaux de ce puzzle
retrouvés en souvenir de Barbarie
Et moulou toujours voyage
par exemple ce soir où j'écris
il est à la Renaissance
aux confins de la Géorgie
où tous les soirs une évangéliste
s'accroche à lui en public
et le public la comprend
parce qu'il est toujours aussi jeune aussi sauvage
aussi secret aussi simple aussi enfant

Comme il l'est dans ses images
dans cette galerie
rue Jacob à Paris ♠

1. Mouloudji (1922-1994). Fils d'un père algérien kabyle et d'une mère d'origine bretonne, il a joué dans les films dont Prévert avait écrit le scénario et les dialogues. Il chanta ou dit de nombreux textes de Prévert («Barbara», «Les feuilles mortes»...)

2. Mouloudji a joué dans le film Les Disparus de Saint-Agil *(1938), de Christian-Jaque, d'après le roman de Pierre Véry, avec des dialogues de Prévert.*

Chasse à l'enfant

À Marianne Oswald[1]

■ Bandit ! Voyou ! Voleur ! Chenapan !

Au-dessus de l'île on voit des oiseaux
Tout autour de l'île il y a de l'eau

Bandit ! Voyou ! Voleur ! Chenapan

Qu'est-ce que c'est que ces hurlements

Bandit ! Voyou ! Voleur ! Chenapan !

C'est la meute des honnêtes gens
Qui fait la chasse à l'enfant

Il avait dit J'en ai assez de la maison
de redressement
Et les gardiens à coups de clefs lui avaient brisé
les dents
Et puis ils l'avaient laissé étendu sur le ciment

Bandit ! Voyou ! Voleur ! Chenapan !

Maintenant il s'est sauvé
Et comme une bête traquée
Il galope dans la nuit
Et tous galopent après lui
Les gendarmes les touristes les rentiers les artistes

Bandit ! Voyou ! Voleur ! Chenapan !

C'est la meute des honnêtes gens
Qui fait la chasse à l'enfant
Pour chasser l'enfant pas besoin de permis
Tous les braves gens s'y sont mis
Qu'est-ce qui nage dans la nuit
Quels sont ces éclairs ces bruits
C'est un enfant qui s'enfuit
On tire sur lui à coups de fusil

Bandit ! Voyou ! Voleur ! Chenapan !

Tous ces messieurs sur le rivage
Sont bredouilles et verts de rage

Bandit ! Voyou ! Voleur ! Chenapan !

Rejoindras-tu le continent rejoindras-tu le continent

Au-dessus de l'île on voit des oiseaux
Tout autour de l'île il y a de l'eau.

1. *Marianne Oswald (1901-1985), grande interprète de Prévert (et de Cocteau), au «parlé-chanté» très particulier, fut aussi une grande actrice. C'est pour elle que Prévert a composé* Chasse à l'enfant *(le poème est inspiré par un fait divers : la tentative d'évasion, en 1934, de trente-sept enfants d'une maison de redressement de Belle-Isle, ramenés de force et jetés en cellule.) Mise en musique par Joseph Kosma, la chanson a été enregistrée par Marianne Oswald en 1936.*

Aubervilliers

I

CHANSON DES ENFANTS

■ Gentils enfants d'Aubervilliers
Vous plongez la tête la première
Dans les eaux grasses de la misère
Où flottent les vieux morceaux de liège
Avec les pauvres vieux chats crevés
Mais votre jeunesse vous protège
Et vous êtes les privilégiés
D'un monde hostile et sans pitié
Le triste monde d'Aubervilliers
Où sans cesse vos pères et mères
Ont toujours travaillé
Pour échapper à la misère

Spectacle

À la misère d'Aubervilliers
À la misère du monde entier
Gentils enfants d'Aubervilliers
Gentils enfants des prolétaires
Gentils enfants de la misère
Gentils enfants du monde entier
Gentils enfants d'Aubervilliers
C'est les vacances et c'est l'été
Mais pour vous le bord de la mer
La côte d'azur et le grand air
C'est la poussière d'Aubervilliers
Et vous jetez sur le pavé
Les pauvres dés de la misère
Et de l'enfance désœuvrée
Et qui pourrait vous en blâmer

Gentils enfants d'Aubervilliers
Gentils enfants des prolétaires
Gentils enfants de la misère
Gentils enfants d'Aubervilliers.

II

Chanson de l'eau

Furtive comme un petit rat
Un petit rat d'Aubervilliers
Comme la misère qui court les rues
Les petites rues d'Aubervilliers
L'eau courante court sur le pavé
Sur le pavé d'Aubervilliers
Elle se dépêche
Elle est pressée
On dirait qu'elle veut échapper
Échapper à Aubervilliers
Pour s'en aller dans la campagne
Dans les prés et dans les forêts
Et raconter à ses compagnes
Les rivières les bois et les prés
Les simples rêves des ouvriers
Des ouvriers d'Aubervilliers.

III

Chanson de la Seine

La Seine a de la chance
Elle n'a pas de soucis
Elle se la coule douce
Le jour comme la nuit
Et elle sort de sa source
Tout doucement sans bruit
Et sans se faire de mousse
Sans sortir de son lit
Elle s'en va vers la mer
En passant par Paris
La Seine a de la chance
Elle n'a pas de soucis

Et quand elle se promène
Tout le long de ses quais
Avec sa belle robe verte
Et ses lumières dorées
Notre-Dame jalouse
Immobile et sévère
Du haut de toutes ses pierres
La regarde de travers
Mais la Seine s'en balance
Elle n'a pas de soucis
Elle se la coule douce
Le jour comme la nuit
Et s'en va vers le Havre
Et s'en va vers la mer
En passant comme un rêve
Au milieu des mystères
Des misères de Paris.

Noël des ramasseurs de neige

(Quand elle tombe à Noël)

■ Nos cheminées sont vides
nos poches retournées
ohé ohé ohé
nos cheminées sont vides
nos souliers sont percés
ohé ohé ohé
et nos enfants livides
dansent devant nos buffets
ohé ohé ohé
Et pourtant c'est Noël
Noël qu'il faut fêter
Fêtons fêtons Noël
ça se fait chaque année
Ohé la vie est belle
Ohé joyeux Noël
Mais v'là la neige qui tombe
qui tombe de tout en haut
Elle va se faire mal
en tombant de si haut
ohé ohé ého

Pauvre neige nouvelle
courons courons vers elle
courons avec nos pelles
courons la ramasser
puisque c'est notre métier
ohé ohé ohé

Jolie neige nouvelle
toi qu'arrives du ciel
dis-nous dis-nous la belle
Ohé ohé ohé
Quand est-ce qu'à Noël
tomberont de là-haut
des dindes de Noël
avec leurs dindonneaux
ohé ohé ého !

Chanson des cireurs de souliers

■ Aujourd'hui l'homme blanc
Ne s'étonne plus de rien
Et quand il jette à l'enfant noir
Au gentil cireur de Broadway
Une misérable pièce de monnaie
Il ne prend pas la peine de voir
Les reflets du soleil miroitant à ses pieds
Et comme il va se perdre
Dans la foule de Broadway
Ses pas indifférents emportent la lumière
Que l'enfant noir a prise au piège
En véritable homme du métier
La fugitive petite lumière
Que l'enfant noir aux dents de neige
A doucement apprivoisée
Avec une vieille brosse
Avec un vieux chiffon
Avec un grand sourire
Avec une petite chanson

La chanson qui raconte l'histoire
L'histoire de Tom le grand homme noir
L'empereur des cireurs de souliers
Dans le ciel tout noir de Harlem
L'échoppe de Tom est dressée
Tout ce qui brille dans le quartier noir
C'est lui qui le fait briller
Avec ses grandes brosses
Avec ses vieux chiffons
Avec son grand sourire
Et avec ses chansons
C'est lui qui passe au blanc d'argent
Les vieilles espadrilles de la lune
C'est lui qui fait reluire
Les souliers vernis de la nuit
Et qui dépose devant chaque porte
Au Grand Hôtel du Petit Jour
Les chaussures neuves du matin
Et c'est lui qui astique les cuivres

De tous les orchestres de Harlem
C'est lui qui chante la joie de vivre
La joie de faire l'amour et la joie de danser
Et puis la joie d'être ivre
Et la joie de chanter
Mais la chanson du Noir
L'homme blanc n'y entend rien
Et tout ce qu'il entend
C'est le bruit dans sa main
Le misérable bruit d'une pièce de monnaie
Qui saute sans rien dire
Qui saute sans briller
Tristement sur un pied.

■ À Paris
ces messieurs du Tout-Paris parlent d'or
ces messieurs parlent finances
ces messieurs parlent chiffres
ces messieurs parlent d'art
ces messieurs parlent d'abondance
ces messieurs parlent métaphysique voitures
et politique
ces messieurs parlent haut
et puis pour parler femmes ces messieurs
parlent argot
Ces messieurs hauts de forme et bas de plafond
ces messieurs parlent raison
Leurs dames parlent pointu haute musique
haute cuisine
haute couture hauts chiffons

Grand bal du printemps

Dans les rues de Paris
l'enfant parle grand nègre et petit patapon
l'enfant parle soleil
l'enfant parle merveilles
l'enfant parle silence
l'enfant parle vacarme
l'enfant parle misère
l'enfant parle terreur
l'enfant parle beauté malice douleurs caprices
l'enfant parle amour
l'enfant parle bonheur
l'enfant parle désirs
l'enfant parle faim soif et sommeil
l'enfant parle délire et affaires de famille
l'enfant parle funèbre et larmes de crocodile
l'enfant parle chien savant perroquet érudit
chinois de paravent
l'enfant parle scandale hôpital carnaval
conflagration mondiale
l'enfant parle déchirant parle déconcertant
l'enfant parle mystère choquant et déplaisant
l'enfant parle incongru
à son corps défendu

Grand bal du printemps

Dans les rues de Paris
l'enfant parle travesti
et nu

Dans les rues de Paris
l'enfant parle moineau
parle crottin de cheval tétanos et vélo
l'enfant parle diable
l'enfant parle odieux
l'enfant
parle rêve et parle vrai parle bien et parle mal
parle fer et parle feu

Dans les rues de Paris
l'enfant parle image et magie
et
dans les images innées de son langage
imaginaire
l'enfant découvre le monde
et le monde n'est pas fier
Et quand c'est le grand monde
le grand monde le fait taire.

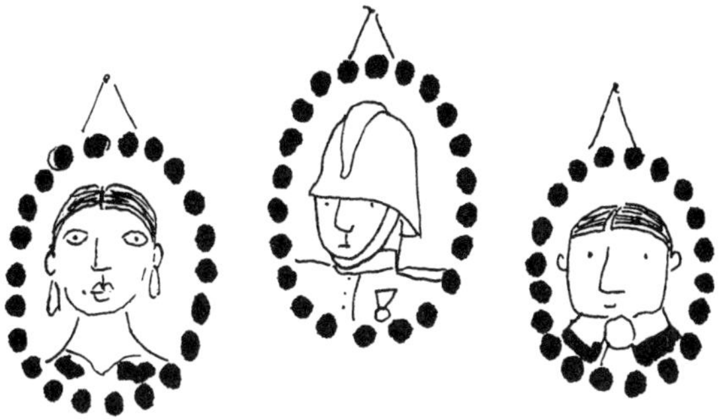

Familiale

■ La mère fait du tricot
Le fils fait la guerre
Elle trouve ça tout naturel la mère
Et le père qu'est-ce qu'il fait le père ?
Il fait des affaires
Sa femme fait du tricot
Son fils la guerre
Lui des affaires
Il trouve ça tout naturel le père
Et le fils et le fils
Qu'est-ce qu'il trouve le fils ?
Il ne trouve rien absolument rien le fils

Le fils sa mère fait du tricot son père
des affaires lui la guerre
Quand il aura fini la guerre
Il fera des affaires avec son père
La guerre continue la mère continue
elle tricote
Le père continue il fait des affaires
Le fils est tué il ne continue plus
Le père et la mère vont au cimetière
Ils trouvent ça tout naturel le père et la mère
La vie continue la vie avec le tricot la guerre
les affaires
Les affaires la guerre le tricot la guerre
Les affaires les affaires et les affaires
La vie avec le cimetière.

Aux champs…

■ Il y a
paraît-il
dans une roseraie
une rose
qu'on appelle Veuve inconsolable du regretté
 Président Doumergue
c'est triste
c'est regrettable
il y a
ou plutôt
il y a eu
un homme qui a écrit ces mots
Demain sur nos tombeaux les blés seront plus beaux

c'est triste
c'est regrettable
parce que le blé ne pousse pas
précisément
sur les tombeaux des hommes qui sont tombés
pour que monte ou descende
le cours du blé
ou même le cours de la pensée du charbon
    ou des fleurs
et pourtant on peut voir
gravée par de très honorables graveurs
sur l'effroyable billet de banque
sur l'épouvantable billet de faveur
la stupide gravure en couleur
l'affligeante et provocante image de labeur
où malgré lui le travailleur
est soigneusement représenté
tout joyeux le rire sur les lèvres
et l'outil à la main
ou bien
éclatant de santé
dans un ravissant paysage d'été
et fauchant en chantant alertement les blés

mais on ne voit jamais
l'image simple et vraie
le travailleur en sueur et fauché comme les blés
c'est triste
c'est regrettable
mais les gerbes sont liées
le travailleur aussi
avec leurs grands billets les grands favorisés
se sont payé sa tête
et son corps tout entier
avec tout le travail de toutes ses années
toutes les gerbes sont liées
chaque grain est compté

chaque geste capté
chaque fleur arrachée
le blé monte et descend
en même temps que l'argent
en même temps que le sucre
en même temps que l'acier
et le compte du travailleur
est sagement réglé
à l'octroi de Profit
la guerre est déclarée
et sur la terre encore fraîchement remuée
dans les ruines des villes par eux-mêmes bâties
ceux qui étaient les plus vivants et les plus forts
les plus gais
les meilleurs
restent là immobiles couchés aux champs d'honneur
la tête dans la mort et la fleur au fusil
la mémorable fleur de leur si simple vie
et la fleur à son tour
doucement se pourrit
la fleur des amours la fleur des amis
et sur ce champ d'honneur
d'honneurs et de profits
un peu plus tard
sur ce champ d'honneur soigneusement nivelé

toute seule
la fleur artificielle
la rose invraisemblable
la fleur à faire vomir
la fleur à faire hurler
la veuve inconsolable du Président untel
blême et rose chou-fleur atrocement greffé
ignoble végétal stupidement simulé
encore une fois
de force
et avec le concours assuré de la musique militaire
est accrochée épinglée rivée
à la boutonnière de la terre
de la terre abîmée
de la terre solitaire
de la terre saccagée bafouée et désolée
désespérée
endimanchée. ♠

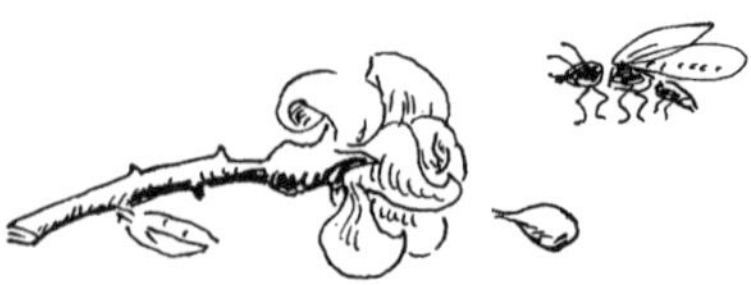

1936

Le discours sur la paix

■ Vers la fin d'un discours extrêmement important
le grand homme d'État trébuchant
sur une belle phrase creuse
tombe dedans
et désemparé la bouche grand-ouverte
haletant
montre les dents
et la carie dentaire de ses pacifiques raisonnements
met à vif le nerf de la guerre
la délicate question d'argent. ♠

Rien à craindre

■ Ne craignez rien
Gens honnêtes et exemplaires
Il n'y a pas de danger
Vos morts sont bien morts
Vos morts sont bien gardés
Il n'y a rien à craindre
On ne peut vous les prendre
Ils ne peuvent se sauver
Il y a des gardiens dans les cimetières

Et puis
Tout autour des tombes
Il y a un entourage de fer
Comme autour des lits-cages
Où dorment les enfants en bas âge
Et c'est une précaution sage
Dans son dernier sommeil
Sait-on jamais
Le mort pourrait rêver encore
Rêver qu'il est vivant
Rêver qu'il n'est plus mort

Et secouant ses draps de pierre
Se dégager
Et se pencher
Et tomber de la tombe
Comme un enfant du lit
Horreur et catacombes
Retomber dans la vie
Vous voyez cela d'ici
Tout serait remis en question
L'affection et la désolation
Et la succession
Rassurez-vous braves gens
Honnêtes et exemplaires
Vos morts ne reviendront pas
S'amuser sur la terre
Les larmes ont été versées une fois pour toutes
Et il n'y aura pas
Il n'y aura jamais plus à revenir là-dessus
Et rien dans le cimetière
Ne sera saccagé
Les pots de chrysanthèmes resteront à leur place
Et vous pourrez vaquer en toute tranquillité
L'arrosoir à la main devant le mausolée
Aux doux labeurs champêtres des éternels regrets. ♦

JACQUES
PRÉVERT
Janine
PRÉVERT
ÇI GIT
ÇI GIT
J. DUHÊME

Les clefs de la ville

■ Les clefs de la ville
Sont tachées de sang
L'Amiral et les rats ont quitté le navire
Depuis longtemps
Sœur Anne ma sœur Anne
Ne vois-tu rien venir
Je vois dans la misère le pied nu d'un enfant
Et le cœur de l'été
Déjà serré entre les glaces de l'hiver
Je vois dans la poussière des ruines de la guerre
Des chevaliers d'industrie lourde

À cheval sur des officiers de cavalerie légère
Qui paradent sous l'arc
Dans une musique de cirque
Et des maîtres de forges
Des maîtres de ballet
Dirigeant un quadrille immobile et glacé
Où de pauvres familles
Debout devant le buffet
Regardent sans rien dire leurs frères libérés
Leurs frères libérés
À nouveau menacés
Par un vieux monde sénile exemplaire et taré
Et je te vois Marianne
Ma pauvre petite sœur
Pendue encore une fois
Dans le cabinet noir de l'histoire
Cravatée de la Légion d'Honneur
Et je vois
Barbe bleue blanc rouge
Impassible et souriant
Remettant les clés de la ville
Les clefs tachées de sang
Aux grands serviteurs de l'Ordre
L'ordre des grandes puissances d'argent. ♠

Le monde libre

■ Grenades à billes
bombes à ailettes
funèbres gadgets
Cramponnés à leur manche à balai
les stupides sorciers du progrès
battent leurs derniers records meurtriers
Les forteresses volantes
ne sont pas châteaux en Espagne
Sordide
humaine réalité
les enfants du Viêt-nam
jetés comme cartes à jouer
sur l'herbe rouge de la douleur
meurent
perforés
par les ordinateurs de l'horreur ♦

Entendez-vous gens du Viêt-nam...

■ Entendez-vous
Entendez-vous gens du Viêt-nam
entendez-vous dans vos campagnes
dans vos rizières dans vos montagnes...
Oui nous les entendons

Ces êtres inférieurs
architectes danseurs pêcheurs et mineurs
jardiniers et sculpteurs tisserands ou chasseurs
paysans et pasteurs artisans et dockers
coolies navigateurs

Ces êtres inférieurs
ne savaient haïr que la haine
ne méprisaient que le mépris

Ces êtres inférieurs
ne craignaient guère la mort
tant ils aimaient l'amour
tant ils vivaient la vie

et leur vie quelquefois était belle comme le jour
et le sang de la lune courait sur les rizières
et le jour lui aussi était beau comme la nuit

Il y avait aussi la faim et la misère
les très mauvaises fièvres et le trop dur labeur

Mais le jour était beau comme la nuit
le soleil fou dansait dans les yeux des jeunes filles
et la nuit était belle comme le jour
la lune folle aussi dansait seule sur la mer
la misère se faisait une beauté pour l'amour

Et les enfants en fête malgré les Mauvais Temps
jouaient avec les bêtes en pourchassant le vent

Mais
il y avait aussi et venant de très loin
les Monopolitains
ceux de la Métropole et de l'appât du gain
Négociants trafiquants notables résidents avec
    les légionnaires les expéditionnaires
    et les concessionnaires et les hauts commissaires
venus là pour soigner leurs frères inférieurs
venus pour les guérir de l'amour de la vie
cette vieille et folle honteuse maladie
Et cela depuis fort longtemps (...)

Soudain
sont emportés dans les rapides de l'Histoire
leurs bateaux de papier-monnaie
et comme dans les livres de classe importés
    de la Métropole
on proclame au Viêt-nam
les Droits de l'homme

(...)

Et le temps fait semblant seulement de passer
le temps du halte-là reste là l'arme au pied
le temps des cerisiers en fleurs arrachés à la terre
    et volatilisés

(...)

Cependant que très loin on allume des lampions
des lampions au napalm sur de pauvres paillotes
et des femmes et des hommes des enfants du Viêt-nam
dorment les yeux grands ouverts sur la terre brûlée
et c'est comme Oradour
c'est comme Madagascar et comme Guernica
et c'est en plus modeste tout comme Hiroshima

Et le temps reste là sur le qui-vive
le temps du Halte-là
le temps du désespoir
et de la connerie noire
Et la grande main-d'œuvre jaune
caresse tristement ses rizières ses forêts
ses outils et ses champs son bétail affamé

Des voix chantent

Nous n'aimions pas notre misère
mais avec elle nous pouvions lutter
et quand parfois elle touchait terre
sur cette pauvre terre nous pouvions respirer
Vous
qu'en avez-vous fait
Elle était lourde notre misère
vous le saviez
vous en avez déjà tiré plus que son pesant d'or
Fous que vous êtes
que voulez-vous encore

Aux voix de la main-d'œuvre jaune
répondait une voix d'or
une voix menaçante et radiodiffusée
et la main-d'œuvre se serrait
la mort mécanique avançait

Sourdes mais claires
des voix chantaient

Si la petite main-d'œuvre jaune
et la très grande main d'or blanc
coudes sur table et poings serrés
se rencontraient
elle ne tiendrait pas longtemps en l'air
la blême menotte d'acier
tachée de sang caillé

Longtemps en l'air
c'est une façon de parler

Et la voix d'or hurlait
sur un ton aphonique délicat cultivé
Feu à volonté
Et les hommes de main d'or
recrutés et parqués et fraîchement débarqués
venant rétablir l'Ordre
mitraillaient
incendiaient

Mais
la main-d'œuvre jaune elle aussi
se mé-ca-ni-sait
Tristes et graves
mais résignées des voix chantaient

Que voulez-vous
on nous attaque à la machine
se défendre à la main
ne serait pas civilisé
on nous traiterait encore de sauvages
et d'arriérés
on nous blâmerait

(...)

Là-bas
sur le théâtre des Opérations Bancaires
le corps expéditionnaire
n'avait plus le même succès
et dans de merveilleux décors
tombaient les pauvres figurants de la mort
Seuls les gens du trafic des piastres
criaient bis et applaudissaient
Ici on criait Encore
ailleurs on criait Assez
plus loin on criait La Paix
et des messieurs du meilleur monde fort
    discrètement s'éclipsaient

(...) ♦

Chanson dans le sang

■ Il y a de grandes flaques de sang sur le monde
où s'en va-t-il tout ce sang répandu
est-ce la terre qui le boit et qui se saoule
drôle de saoulographie alors
si sage... si monotone...
Non la terre ne se saoule pas de travers
elle pousse régulièrement sa petite voiture
    ses quatre saisons
la pluie... la neige...
la grêle... le beau temps...
jamais elle n'est ivre
c'est à peine si elle se permet de temps en temps
un malheureux petit volcan
Elle tourne la terre

elle tourne avec ses arbres… ses jardins…
ses maisons…
elle tourne avec ses grandes flaques de sang
et toutes les choses vivantes tournent avec elle
et saignent…
Elle elle s'en fout
la terre
elle tourne et toutes les choses vivantes
se mettent à hurler
elle s'en fout
elle tourne
elle n'arrête pas de tourner
et le sang n'arrête pas de couler…
Où s'en va-t-il tout ce sang répandu
le sang des meurtres… le sang des guerres…
le sang de la misère…
et le sang des hommes torturés dans les prisons…
le sang des enfants torturés tranquillement
par leur papa et leur maman…
et le sang des hommes qui saignent de la tête
dans les cabanons…
et le sang du couvreur
quand le couvreur glisse et tombe du toit
Et le sang qui arrive et qui coule à grands flots

avec le nouveau-né… avec l'enfant nouveau…
la mère qui crie… l'enfant pleure…
le sang coule… la terre tourne
la terre n'arrête pas de tourner
le sang n'arrête pas de couler
Où s'en va-t-il tout ce sang répandu
la sang des matraqués… des humiliés…
des suicidés… des fusillés… des condamnés…
et le sang de ceux qui meurent comme ça…
    par accident
Dans la rue passe un vivant
avec tout son sang dedans
Soudain le voilà mort
et tout son sang est dehors
et les autres vivants font disparaître le sang
ils emportent le corps
mais il est têtu le sang
et là où était le mort
beaucoup plus tard tout noir
un peu de sang s'étale encore…
sang coagulé
rouille de la vie rouille des corps
sang caillé comme le lait
comme le lait quand il tourne
quand il tourne comme la terre

comme la terre qui tourne
avec son lait... avec ses vaches...
avec ses vivants... avec ses morts...
la terre qui tourne avec ses arbres... ses vivants...
ses maisons...
la terre qui tourne avec les mariages...
les enterrements...
les coquillages...
les régiments...
la terre qui tourne et qui tourne et qui tourne
avec ses grands ruisseaux de sang.

Le fusillé

■ Les fleurs les jardins les jets d'eau les sourires
Et la douceur de vivre
Un homme est là par terre et baigne dans son sang
Les souvenirs les fleurs les jets d'eau les jardins
Les rêves enfantins
Un homme est là par terre comme un paquet
sanglant
Les fleurs les jets d'eau les jardins les souvenirs
Et la douceur de vivre
Un homme est là par terre comme un enfant
dormant. ♦

Où je vais, d'où je viens…

■ Où je vais, d'où je viens,
Pourquoi je suis trempée.
Voyons, ça se voit bien.
Il pleut.
La pluie, c'est de la pluie.
Je vais dessous, et puis,
Et puis c'est tout.
Passez votre chemin
Comme je passe le mien.
C'est pour mon plaisir
Que je patauge dans la boue.
La pluie, ça me fait rire.
Je ris de tout et de tout et de tout.
Si vous avez la larme facile
Rentrez plutôt chez vous,
Pleurez plutôt sur vous,
Mais laissez-moi,
Laissez-moi, laissez-moi, laissez-moi, laissez-moi.
Je ne veux pas entendre le son de votre voix,
Passez votre chemin
Comme je passe le mien.

Le seul homme que j'aimais,
c'est vous qui l'avez tué,
matraqué, piétiné…
achevé.
J'ai vu son sang couler,
couler dans le ruisseau,
dans le ruisseau.
Passez votre chemin
comme je passe le mien.
L'homme que j'aimais
est mort, la tête dans la boue.
Ce que j'peux vous haïr,
vous haïr… c'est fou… c'est fou… c'est fou.
Et vous vous attendrissez sur moi,
vous êtes trop bons pour moi,
beaucoup trop bons, croyez-moi.

Vous êtes bons… bons comme le ratier est bon
pour le rat…
mais un jour… un jour viendra où le rat vous
mordra…
Passez votre chemin,
hommes bons… hommes de bien.

L'effort humain

■ L'effort humain
n'est pas ce beau jeune homme souriant
debout sur sa jambe de plâtre
ou de pierre
et donnant grâce aux puérils artifices du statuaire
l'imbécile illusion
de la joie de la danse et de la jubilation
évoquant avec l'autre jambe en l'air
la douceur du retour à la maison
Non
l'effort humain ne porte pas un petit enfant
    sur l'épaule droite
un autre sur la tête
et un troisième sur l'épaule gauche
avec les outils en bandoulière
et la jeune femme heureuse accrochée à son bras
L'effort humain porte un bandage herniaire
et les cicatrices des combats
livrés par la classe ouvrière
contre un monde absurde et sans lois

L'effort humain n'a pas de vraie maison
il sent l'odeur de son travail
et il est touché aux poumons
son salaire est maigre
ses enfants aussi
il travaille comme un nègre
et le nègre travaille comme lui
L'effort humain n'a pas de savoir-vivre
l'effort humain n'a pas l'âge de raison
l'effort humain a l'âge des casernes

l'âge des bagnes et des prisons
l'âge des églises et des usines
l'âge des canons
et lui qui a planté partout toutes les vignes
et accordé tous les violons
il se nourrit de mauvais rêves
et il se saoule avec le mauvais vin de la résignation
et comme un grand écureuil ivre
sans arrêt il tourne en rond
dans un univers hostile
poussiéreux et bas de plafond
et il forge sans cesse la chaîne
la terrifiante chaîne où tout s'enchaîne
la misère le profit le travail la tuerie
la tristesse le malheur l'insomnie et l'ennui
la terrifiante chaîne d'or
de charbon de fer et d'acier
de mâchefer et de poussier
passée autour du cou
d'un monde désemparé
la misérable chaîne
où viennent s'accrocher
les breloques divines
les reliques sacrées
les croix d'honneur les croix gammées

les ouistitis porte-bonheur
les médailles des vieux serviteurs
les colifichets du malheur
et la grande pièce de musée
le grand portrait équestre
le grand portrait en pied
le grand portrait de face de profil à cloche-pied
le grand portrait doré
le grand portrait du grand divinateur
le grand portrait du grand empereur
le grand portrait du grand penseur
du grand sauteur
du grand moralisateur
du digne et triste farceur
la tête du grand emmerdeur
la tête de l'agressif pacificateur
la tête policière du grand libérateur

la tête d'Adolf Hitler
la tête de monsieur Thiers
la tête du dictateur
la tête du fusilleur
de n'importe quel pays
de n'importe quelle couleur
la tête odieuse
la tête malheureuse
la tête à claques
la tête à massacre
la tête de la peur.

Le temps perdu

■ Devant la porte de l'usine
le travailleur soudain s'arrête
le beau temps l'a tiré par la veste
et comme il se retourne
et regarde le soleil
tout rouge tout rond
souriant dans son ciel de plomb
il cligne de l'œil
familièrement
Dis donc camarade Soleil
tu ne trouves pas
que c'est plutôt con
de donner une journée pareille
à un patron? ♦

Le paysage changeur

■ De deux choses lune
l'autre c'est le soleil
les pauvres les travailleurs ne voient pas ces choses
leur soleil c'est la soif la poussière la sueur le goudron
et s'ils travaillent en plein soleil le travail leur cache
   le soleil
leur soleil c'est l'insolation
et le clair de lune pour les travailleurs de nuit
c'est la bronchite la pharmacie les emmerdements
   les ennuis
et quand le travailleur s'endort il est bercé par
   l'insomnie

et quand son réveil le réveille
il trouve chaque jour devant son lit
la sale gueule du travail
qui ricane qui se fout de lui
alors il se lève
alors il se lave
et puis il sort à moitié éveillé à moitié endormi
il marche dans la rue à moitié éveillée à moitié
   endormie
et il prend l'autobus
le service ouvrier
et l'autobus le chauffeur le receveur
et tous les travailleurs à moitié réveillés à moitié
   endormis
traversent le paysage figé entre le petit jour
   et la nuit
le paysage de briques de fenêtres à courants d'air
   de corridors
le paysage éclipse
le paysage prison
le paysage sans air sans lumière sans rires
   ni saisons
le paysage glacé des cités ouvrières glacées
   en plein été
comme au cœur de l'hiver

le paysage éteint
le paysage sans rien
le paysage exploité affamé dévoré escamoté
le paysage charbon
le paysage poussière
le paysage cambouis
le paysage mâchefer
le paysage châtré gommé effacé relégué et rejeté
dans l'ombre
dans la grande ombre
l'ombre du capital
l'ombre du profit.
Sur ce paysage parfois un astre luit
un seul
le faux soleil
le soleil blême
le soleil couché
le soleil chien du capital
le vieux soleil de cuivre
le vieux soleil clairon
le vieux soleil ciboire
le vieux soleil fistule
le dégoûtant soleil du roi soleil
le soleil d'Austerlitz
le soleil de Verdun

le soleil fétiche
le soleil tricolore et incolore
l'astre des désastres
l'astre de la vacherie
l'astre de la tuerie
l'astre de la connerie
le soleil mort.

Et le paysage à moitié construit à moitié démoli
à moitié réveillé à moitié endormi
s'effondre dans la guerre le malheur et l'oubli
et puis il recommence une fois la guerre finie
il se rebâtit lui-même dans l'ombre
et le capital sourit
mais un jour le vrai soleil viendra
un vrai soleil dur qui réveillera le paysage
    trop mou
et les travailleurs sortiront ils verront alors
    le soleil
le vrai le dur le rouge soleil de la révolution
et ils se compteront
et ils se comprendront
et ils verront leur nombre
et ils regarderont l'ombre
et ils riront

et ils s'avanceront
une dernière fois le capital voudra les empêcher
de rire
ils le tueront
et ils l'enterreront dans la terre sous le paysage
de misère
et le paysage de misère de profits de poussières
et de charbon
ils le brûleront
ils le raseront
et ils en fabriqueront un autre en chantant
un paysage tout nouveau tout beau
un vrai paysage tout vivant
ils feront beaucoup de choses avec le soleil
et même ils changeront l'hiver en printemps.

■ Fous de misère
cavaliers d'abattoirs
dames des Halles
abandonnées
reines et rois
du plus bas du pavé
Encore une fois écroulés naufragés
désarçonnés parmi tous les débris d'une trop
vieille épave
radeau de la misère échoué et médusé

Jeu d'échecs
bois pourri
damier percé

Fous de misère
reines et rois du plus bas du pavé
cavaliers d'abattoirs
dames des Halles abandonnées
reines et rois du plus haut du pavé

Pourtant malgré le désespoir
ils poursuivaient leur vie et voulaient la gagner
La vie qu'ils poursuivaient
c'était leur vie rêvée

Fous de misère

Mais leur vraie vie de plus en plus désespérée
leur vie de chien fidèle
et de chiens policiers
leur petite meute personnelle
les traquait
les pourchassait

Fous de misère

Encore une fois
la misère qui les affolait
pour les calmer
tranquillement les a fusillés

Grand bal du printemps

Là sur les berges de la Seine
dans les ruines des plus vieux pavés
mais non sans leur avoir gracieusement octroyé
le plus petit dernier mégot
du plus pauvre des condamnés
avec le dernier verre de l'aigre vin de Mai

Et le soleil compatissant à leurs souffrances
généreusement leur a donné le coup de grâce
Et dans leur sommeil torride
leurs plus accablants soucis
restent en rade
Hélas ce coup de grâce n'est qu'un instant donné
le soleil à son heure doit les abandonner
et dans les derniers feux d'un tendre crépuscule
la police du fleuve
bientôt va les siffler

Fous de misère

Arrachés au sommeil
pauvre gibier trop tôt levé
le cœur battant très mal
comme un mauvais réveil à peine remonté
en courant sur les berges sans savoir où aller

ils parleront tout haut chacun pour soi tout seul
mais chacun dira la même chose
triste et folle
La jeunesse perdue
ou même jamais eue
mais jamais oubliée

Fous de misère
malgré tout attachés à la vie
un espoir enfantin leur tiendra compagnie. ♦

■ Volets ouverts
carreaux cassés ensoleillés
paroles données promesses échangées
une voix qui se voilait soudain s'est dévoilée
l'autre voix qu'elle caresse connaît ses doux secrets

Volets ouverts
fou rire d'une école tout entière
éclatant au coin d'une rue
merveilleux cris du ramoneur depuis si longtemps
disparu

Volets fermés
toiles à laver usées
rampes d'escaliers à la boule brisée

Volets ouverts punaises oubliées
Volets fermés
le papillon du gaz recommence à siffler
son refrain bleu et blême
et toute la cuisine tremble
de toutes les cicatrices de ses murs de crasse

Volets ouverts
des lilas plein les bras
et brune et blonde et rousse
une chanson pieds nus traverse la maison
Comme elle a par ailleurs
traversé les saisons

Volets ouverts
on l'entend de partout
c'est l'air de tout le temps
une voix de cristal
dans un palais de sang

Volets ouverts
la maison se réveille
au grand air du Printemps
Et la plus belle eau de vaisselle
sur le plus sordide des éviers
soudain comme une eau vive
se reprend à chanter
et se met à danser
sur les assiettes ébréchées, les fourchettes édentées
et les petites cuillers vert-de-grisées

Grand bal du printemps

Musique de blanc de céruse
et de marc de café
et de bleu de lessive
et de noir de fumée
et de noir animal
et d'appétit coupé
Musique de petite braise à nouveau enflammée
Musique de gros sel et d'écorces d'oranges
un rempailleur de chaises
dans une flûte à champagne rescapée
    d'une poubelle
siffle un grand air de rouge
et c'est un air des Îles Fortunées

Volets ouverts
sorcière la poussière
voltige sur son manche à balai

Volets ouverts
la concierge de sa loge
la regarde voltiger
(...) ♠

■ Et l'automne et l'été
comme ils étaient venus à leur tour eux aussi sont partis
Sur le dos de la misère
le Froid présente sa collection d'hiver
Et c'est bien entendu et tout naturellement
blancs manteaux d'hermine et capes de petit-gris
  aux agrafes d'argent
Et le charbon est hors de prix
beaucoup plus rare que le diamant
vraiment plus cher que le plus rare des renards blancs

Mais au cœur secret de la ville
le printemps a gardé ses quartiers d'hiver
et il a donné signe de vie
(...)

La vérité des saisons sort de la bouche du printemps

Neige ma jolie neige
hâte-toi de neiger
Dernières boules de neige et premières oranges
Neige ma jolie neige
Déjà dès aujourd'hui hier s'appelle demain
Neige ma jolie neige
tes cruels sortilèges

ne sont que passagers
un malheur n'arrive jamais seul
et traîne sans le savoir le bonheur par la main
(...)

Le printemps malgré tout n'arrête pas de chanter
(...)

Aujourd'hui

aujourd'hui
et le Printemps les larmes aux yeux se tait
et puis se met à rire
soudain plus gai

Allez allez
ne ramenez pas tant votre science
Tout le monde ne peut pas tuer tout le monde
Croyez-en ma vieille expérience

Alors
tout saccagé qu'il est
le Grand Bal du Printemps
peut-être
ne fait que commencer.

«J'ai toujours aimé bien plus la vie que les moyens de l'exprimer» (J. Prévert)

Jacques Prévert est né le 4 février 1900 à Neuilly-sur-Seine, où il passe son enfance. Son père travaille dans une grande compagnie d'assurances, mais nourrit une passion secrète pour le théâtre et s'essaie à la critique dramatique. Sa mère est d'origine modeste. Enfant, elle aidait sa propre mère à faire des sacs en papier pour les marchands des Halles. C'est elle qui lui apprend à lire. Jacques a un frère, Pierre, qui deviendra cinéaste. Le père est fréquemment au chômage, et la famille doit déménager souvent. Quand celui-ci retrouve un emploi à l'Office central des pauvres de Paris, Jacques l'accompagne souvent le jeudi dans ses visites aux pauvres «pour savoir s'ils méritent qu'on leur vienne en aide», et il en est marqué à jamais. Le garçon s'ennuie à l'école, mais il dévore les livres : *David Copperfield*, *Les Trois Mousquetaires*, *Les Mille et Une Nuits*, *La Case de l'oncle Tom*... Il découvre aussi le cinéma (toute la famille va au cinéma une fois par semaine !). À 15 ans, pour gagner sa vie, il fait toutes sortes de petits métiers. Puis il travaille au *Courrier de la presse*, pour lequel il doit récolter les informations les plus significatives, drôles ou scandaleuses. À 23 ans il devient figurant au cinéma. Au moment de son service militaire, il rencontre le peintre Yves Tanguy et Marcel Duhamel, le futur directeur de la Série Noire (dont le titre lui sera suggéré par Prévert), qui les héberge tous deux rue du Château où se rendent les surréalistes. Il se lie d'amitié avec Aragon, Breton, Péret, Desnos, Leiris, Queneau!... Supportant mal la tyrannie d'André Breton, il rompt avec le mouvement en 1930. Entre 1932 et 1936, il écrit des textes pour le Groupe Octobre, une troupe de théâtre populaire et militante qui a pris ce nom en souvenir de la révolution de 1917. Il rencontre Marcel Carné et travaille pour le cinéma de 1937 à 1949; il écrit, entre autres les scénarios et les dialogues des grands films du réalisateur, *Drôle de drame*, 1937, *Le Quai des brumes*,1938, *Le jour se lève*, 1939, *Les Visiteurs du soir*, 1942, *Les Enfants du paradis*, 1945, *Les Portes de la nuit*, 1946. Il compose également les dialogues de films d'autres réalisateurs, comme *Lumière d'été*, 1943, de Jean Grémillon, *Les Amants de Vérone*, 1949, d'André Cayatte. Ces collaborations le rendent célèbre. Son premier recueil, *Paroles*, publié en 1946, connaît un immense succès. Juliette Gréco, Yves Montand, Mouloudji interprètent ses textes mis en musique par Joseph Kosma. Pour sa fille Michèle (Minette), née de son union avec sa femme, Janine, il écrit *Contes pour enfants pas sages* et *Le Petit Lion*, en 1947, plus tard *L'Opéra de la lune*, illustré par Jacqueline Duhême, en 1953. À partir de 1949, il pratique les collages, qu'il nomme ses «images», pour prolonger sur le plan visuel les thèmes essentiels à son œuvre poétique. Pour le cinéma, il écrit les dialogues du *Roi et l'Oiseau*, avec Paul Grimault, dont le scénario est tiré de *La Bergère et le Ramoneur*, écrit en 1953.

De 1946 à 1955, Prévert publie *Histoires*, *Spectacle*, *La Pluie et le Beau Temps*. De grands peintres, Picasso, Braque, Calder, Miró, Max Ernst, et les photographes Brassaï, Ylla, Izis, Doisneau sont ses amis. Prévert collabore à de nombreux ouvrages avec ces artistes. Il compose des recueils de collages, *Fatras*, en 1966, et *Imaginaires*, en 1970. *Choses et autres* est publié en 1972. *Soleil de nuit* paraît en 1980, et *La Cinquième Saison* en 1984, à titre posthume.

Jacques Prévert s'est éteint en 1977, dans sa maison d'Omonville-la-Petite (Manche).

«Le peuple a toujours raison»

(Jacques Prévert)

Enfant, Prévert avait été très marqué par les visites aux pauvres qu'il faisait en compagnie de son père.

Le poète qui voulait «rendre la vie plus libre, plus belle, plus heureuse» a toujours été proche des gens du peuple, sensible à leurs conditions de vie parfois difficiles, à leur misère. Révolté aussi par le sort fait aux étrangers, exploités et maltraités, vivant aux marges de la société : les réfugiés espagnols ayant fui le franquisme, les travailleurs émigrés dont la France avaient eu besoin comme main-d'œuvre après-guerre au moment de la reconstruction, souvent venus augmenter une population de parias.

« L'on n'est pas en dehors des événements », écrivait Prévert qui portait un intérêt très vif à l'actualité et prenait position. Ainsi ne supportait-il pas la xénophobie ambiante d'après-guerre. Quand il compose « Étranges étrangers... », il dénonce le racisme, le travail avilissant, le sort misérable réservé aux « hommes des pays lointains ».

De nombreux poèmes de *Grand Bal du printemps* donnent toute leur place aux opprimés, aux victimes des nouvelles formes de l'esclavagisme et des guerres coloniales, à ceux qui se battent « Pour la terre / Pour le pain / Pour la liberté ». Le poète adopte parfois, au cours de son œuvre, « une expression très directe, liée à l'actualité politique », ainsi que le souligne Danièle Gasiglia-Laster, tout en restant fidèle à lui-même, à son génie propre, et à son humour tendre et impertinent.

Mais Prévert ne se contente pas de dénoncer et de déplorer, il chante les différences qui enrichissent la culture, la beauté des « colored girls », la fantaisie et la gaieté des enfants. Il chante l'énergie, la vitalité, le courage et les ressources des gens du peuple. Prévert aime le peuple parce qu'il « transforme la langue » et crée sans cesse un langage auquel « on doit presque tout ». « Le peuple a toujours raison... C'est lui qui invente les choses », affirme-t-il. Et puis, le peuple sait faire la fête, il sait « aimer la vie et les œuvres vivantes ».

Table des matières

Photos de 1re et 4e de couverture, portrait de Jacques Prévert, 1963, détail, photo © André Villers.

Nous tenons à remercier tout particulièrement Danièle Gasiglia-Laster et Arnaud Laster pour leur collaboration et leur aide précieuse.

Loi n° 49-956 du 16 juillet 1949
sur les publications destinées à la jeunesse
ISNB 978-2-07-064615-9
N° d'édition : 281221
Premier dépôt légal dans la même collection : juillet 2012
Dépôt légal : janvier 2015
Imprimé en Espagne par Novoprint (Barcelone)